Le Patriotisme et le gouvernement

Léon Tolstoï

Genève, 1900

Édition et mise en page : Culturea (Hérault, 34)
Retrouvez notre catalogue sur http://culturea.fr/
Contact : infos@culturea.fr
Imprimé en Allemagne par Books on Demand Gmbh
Design typographique et layout : Derek Murphy et Reedsy
ISBN : 9791043101342
Date de parution : Mai 2024

PRÉFACE DE L'ÉDITEUR

Avec cette brochure, nous commençons une série de publications, par lesquelles nous tâcherons de donner un exposé des idées qui sont déjà plus ou moins connues du monde civilisé, mais qui, jusqu'à présent, n'ont pas eu d'organe spécial en langue française.

Nous éviterons de leur attacher une enseigne quelconque ; disons, en général, que nos tendances consistent à lutter contre toute violence et tout mensonge, sans jamais avoir recours à leur emploi. « Raison et Amour, » voilà notre guide suprême ; en ces mots se résument toute notre philosophie, toute notre morale, toute notre religion.

En brisant toutes les chaînes, celles des préjugés, de la superstition, de l'hypocrisie et de l'indifférence, nous prêtons l'oreille à la voix de la Conscience, comptant sur le concours de tous ceux qui ont à cœur la liberté de l'esprit et la pureté de l'idéal.

Paul Birukoff.

49, Onex, près Genève, le 10 août 1900.

I
Le patriotisme et le gouvernement.

J'ai dû déjà plusieurs fois exprimer la pensée que le patriotisme n'est pas un sentiment naturel de nos jours, qu'il est déraisonnable, nuisible, et cause la plupart des calamités dont souffre l'humanité, et que par conséquent ce sentiment ne doit pas être développé comme on le fait aujourd'hui, — mais, au contraire, qu'il doit être étouffé et anéanti par toutes les mesures dépendant des hommes sensés. Mais, chose étonnante, malgré la relation incontestable et évidente entre ce sentiment et les armements universels et les guerres pernicieuses, qui ruinent les peuples, toutes mes raisons, prouvant que le patriotisme est une idée arriérée, inopportune et nuisible, ont été accueillies et le sont encore jusqu'à présent, par le silence ou par une non-compréhension voulue ; ou bien encore, toujours par la même objection bizarre, on dit que le mauvais patriotisme seulement, le jingoïsme, le chauvinisme sont nuisibles, mais que le vrai, le bon patriotisme est un sentiment très élevé et moral et qu'il est déraisonnable, criminel même, de le blâmer. Mais on ne dit point en quoi consiste ce vrai et bon patriotisme ; ou bien, au lieu d'une explication, on prononce des phrases ampoulées et prétentieuses, ou enfin on substitue à l'idée de patriotisme, quelque chose qui n'a rien de commun avec ce patriotisme que nous connaissons et dont nous souffrons tous si cruellement.

On dit ordinairement que le vrai, que le bon patriotisme consiste à souhaiter à son peuple ou à son État, de vrais biens, de ces biens qui ne font pas tort aux biens des autres peuples.

Ces jours-ci, en causant avec un Anglais de la guerre actuelle, je lui dis que le motif véritable de cette guerre n'est pas la cupidité, comme on le dit ordinairement, mais le patriotisme, comme la disposition d'esprit de toute la société anglaise le démontre en toute évidence. L'Anglais ne fut pas d'accord avec moi et dit que, lors même qu'il en serait ainsi, cela proviendrait de ce que le patriotisme qui anime actuellement les Anglais est un patriotisme mauvais ; mais que le bon patriotisme — celui dont il est pénétré lui-même — consiste en ceci : que les Anglais, ses compatriotes, n'agissent pas malhonnêtement.

« Désirez-vous donc que les Anglais seulement n'agissent point malhonnêtement ? » lui demandai-je.

« Je le souhaite pour vous, » répondit-il, démontrant clairement, par cette réponse, que le caractère des biens véritables — que ce soient des biens moraux, scientifiques ou même matériels — est de telle nature que ces biens se répandent sur tous les hommes indistinctement, et que souhaiter ces biens à qui que ce soit n'est par conséquent pas le patriotisme, mais qu'il en exclut même l'idée.

Et il en est de même pour les particularités caractéristiques de chaque nation, que d'autres défenseurs du patriotisme lui substituent intentionnellement : elles ne constituent pas le patriotisme. On dit que les particularités caractéristiques de chaque peuple forment la condition nécessaire du progrès de l'humanité, et que, par conséquent, le patriotisme qui tend à la conservation de ces particularités est un sentiment bon et utile. Mais n'est-il pas évident que si jadis ces particularités — mœurs, croyances, langue — constituaient la condition naturelle de la vie de l'humanité, de nos jours elles servent d'obstacle principal à la réalisation de l'idéal de l'unité fraternelle des peuples, idéal qui entre déjà dans la conscience des hommes. Et par conséquent, l'entretien et la protection des particularités distinctives, de quelque nationalité que ce soit — russe, allemande, française, anglo-saxonne — provoquant la même tendance non seulement chez les nationalités polonaise, irlandaise, hongroise, mais encore chez les Basques, les Provençaux, les Mordovszi, les Tshouvashy et chez une quantité d'autres, cet entretien et cette protection servent non au rapprochement et à l'union des hommes, mais les séparent de plus en plus.

De sorte que le patriotisme non imaginaire, mais réel, celui que nous connaissons tous, sous l'influence duquel se trouvent la plupart des hommes de notre temps et dont souffre si cruellement l'humanité, ce patriotisme n'est ni le désir des biens immatériels pour son peuple, (on ne peut pas désirer des biens immatériels seulement pour son propre peuple), ni les particularités qui caractérisent les différentes nations (c'est une qualité et nullement un sentiment) ; le patriotisme réel est au contraire un sentiment très défini de préférence pour son peuple ou pour son État, vis-à-vis des autres peuples et de tous les autres États, et consiste par conséquent dans le désir pour ce peuple et pour cet État de lui désirer la plus grande prospérité et la plus grande puissance, qui ne peuvent être obtenues et que l'on n'obtient en effet qu'au désavantage de la prospérité et de la puissance des autres peuples et des autres États.

Il paraît évident que le patriotisme — comme sentiment — est un sentiment mauvais et nuisible, — comme doctrine — est une doctrine insensée, puisqu'il est clair que si chaque peuple et chaque État se tiennent pour les meilleurs des peuples et des États, ils se trouveront tous dans une erreur grossière et nuisible.

II

Il paraît que le caractère nuisible et insensé du patriotisme devrait être de toute évidence pour les hommes. Mais, chose étonnante, des hommes éclairés, des savants, non seulement ne le voient pas eux-mêmes, mais ils contestent avec la plus grande obstination et la plus grande ferveur — quoique sans aucun fondement raisonnable — chaque argument prouvant les effets nuisibles et néfastes du patriotisme, et ils continuent à vanter ses bienfaits et sa sublimité.

Qu'est-ce que cela veut donc dire ?

Une seule explication de ce phénomène étonnant se présente à moi. Toute l'histoire de l'humanité, des temps les plus reculés et jusqu'à nos jours, peut être considérée comme un mouvement de conscience, — tant des individus isolés que des groupes d'hommes de la même espèce, — des idées basses vers les idées plus élevées.

Tout le chemin parcouru par chaque individu isolé, de même que par un groupe d'hommes de la même espèce peut être représenté comme une succession graduelle de degrés, dont le plus bas se trouve au niveau de la vie animale, et le plus haut est celui auquel peut s'élever la conscience de l'homme à un moment historique donné.

Chaque homme, de même que chaque groupe d'hommes isolé — les peuples, les États — se sont toujours élevés et s'élèvent encore successivement par degrés d'idées. Une partie de l'humanité marche en avant, l'autre reste de beaucoup en arrière, la troisième — la majorité — marche au milieu. Mais tous, n'importe le degré où ils se trouvent, marchent irrésistiblement et inéluctablement, des idées inférieures aux idées supérieures. Et toujours, à chaque moment donné, l'individu isolé, de même que chaque groupe d'hommes de la même espèce — le groupe antérieur, moyen ou des derniers rangs — tous se trouvent en trois rapports différents, relativement aux trois degrés d'idées dans lesquelles ils se meuvent. Il existe toujours, pour un individu isolé de même que pour des groupes d'hommes, des idées du passé vieillies et qui leur sont devenues étrangères, auxquelles les hommes ne peuvent plus retourner, comme il en est, par exemple, pour notre monde chrétien : l'idée de cannibalisme, de pillage public, d'enlèvement des femmes, etc., dont on n'a plus que le souvenir. Il existe des idées du présent qui sont suggérées aux hommes par l'éducation, par l'exemple, par toute l'activité du milieu ambiant, des idées sous l'influence desquelles les hommes vivent dans un temps donné ; comme, par exemple, de notre temps les idées de propriété, de constitution d'État, de commerce, d'utilisation des animaux domestiques, etc. Et il existe enfin des idées qui seront celles de l'avenir ; les unes sont près de leur réalisation et forcent les hommes à changer leur vie et à lutter contre les formes de vie antérieures ; ainsi, par exemple, chez nous l'idée de l'émancipation des ouvriers, de l'égalité des droits de la femme, de l'abandon de la nourriture animale, — les autres, quoique déjà reconnues par les hommes, ne sont pas encore entrées en lutte avec les conditions antérieures de la vie. Telles sont les idées qualifiées de notre temps d'« idéales » — ainsi l'abolition de la violence, l'institution de la communauté des biens, d'une religion unique, la fraternité universelle entre les hommes. Par conséquent, chaque homme et chaque groupe d'hommes de même espèce, n'importe le degré où ils se trouvent, ayant derrière eux les souvenirs vieillis du passé et devant eux l'idéal de l'avenir, — se trouvent toujours dans un procès de lutte entre les idées vieillissantes du présent et les idées naissantes de l'avenir. Il arrive ordinairement que lorsqu'une idée qui était utile, même nécessaire dans le passé, devient superflue ; elle cède sa place après une lutte plus ou moins prolongée a une nouvelle idée — idéal d'autrefois — qui devient à son tour l'idée du présent.

Mais il arrive aussi qu'une idée vieillie, déjà remplacée dans la conscience des hommes par une idée supérieure est telle, que sa conservation est avantageuse pour certains hommes qui possèdent le plus d'influence dans la société. Et alors il advient, que cette idée vieillie, quoiqu'elle soit en contradiction flagrante avec tout l'ordre de choses qui a changé sous d'autres rapports, continue à influencer les hommes et à diriger leurs actes. Une pareille rétention d'une idée vieillie a eu toujours lieu et a lieu encore dans le domaine de la religion. La cause en est que les prêtres, dont la position avantageuse est liée à l'idée religieuse vieillie, profitent de leur pouvoir et retiennent, intentionnellement, les hommes dans cette idée survécue.

La même chose se passe et pour les mêmes raisons dans le domaine de l'État, par rapport à l'idée de patriotisme sur laquelle est basée chaque gouvernement. Les hommes auxquels il est avantageux d'entretenir cette idée, qui n'a plus aucun sens et aucune utilité, le font artificieusement. Et comme ils possèdent les moyens les plus puissants pour influencer les hommes, ils peuvent toujours les utiliser.

C'est ainsi que je m'explique l'étrange contradiction qui existe entre l'idée vieillie de patriotisme et l'ordre d'idées tout opposé, déjà entré dans la conscience du monde chrétien de notre temps.

III

Le patriotisme — comme sentiment d'amour exclusif pour son peuple et comme doctrine de la grandeur du sacrifice de sa tranquillité, de son bien et même de sa vie, pour protéger les faibles contre le massacre et la violence — ce patriotisme était l'idée supérieure dans le temps où chacun tenait pour possible et pour juste de massacrer et de piller les hommes d'un autre peuple pour le bien et la puissance de sa patrie. Mais déjà 2000 ans environ auparavant, les meilleurs représentants de la sagesse de l'humanité, commençaient à concevoir l'idée supérieure de la fraternité des hommes, et cette idée entrant de plus en plus dans la conscience a reçu de notre temps les réalisations les plus variées. Grâce à la facilité des moyens de communication, à l'unité de l'industrie, du commerce, des arts et des sciences, les hommes de nos jours sont tellement liés les uns aux autres, que le danger des conquêtes, des meurtres, des violences, de la part des peuples voisins a déjà complètement disparu, et tous les peuples (les peuples et non les gouvernements) vivent entre eux dans des relations pacifiques, mutuellement avantageuses et amicales — relations commerciales, industrielles et intellectuelles — et il n'y a aucun sens ni nécessité de les rompre. Il paraîtrait par conséquent que le sentiment vieilli du patriotisme devrait s'abolir de plus en plus et disparaître complètement comme un sentiment superflu, inconciliable avec l'idée déjà entrée dans la vie de la fraternité des hommes de différentes nationalités. Cependant c'est le contraire qui arrive : non seulement ce sentiment vieilli et nuisible continue à exister, mais il s'enflamme de plus en plus.

Les peuples — sans aucune raison, contrairement à leur conscience et à leurs avantages — non seulement sympathisent avec les gouvernements dans leurs attaques contre les autres peuples, dans leurs envahissements des territoires d'autrui et dans leur rétention par la force de ce dont ils se sont déjà emparés, — mais, ils exigent eux-mêmes ces attaques, ces envahissements et ces rétentions violentes, ils s'en réjouissent, ils en sont fiers. Les petites nationalités opprimées, tombées sous le pouvoir des grands États — les Polonais, les Irlandais, les Bohêmes, les Finnois, les Arméniens — réagissant contre le patriotisme des conquérants qui les oppriment, sont tellement gagnées par la contagion de ce même sentiment de patriotisme vieilli, insensé, nuisible et devenu inutile, que toute leur activité s'y est concentrée et qu'en souffrant du patriotisme des peuples forts, elles sont prêtes à faire aux nations au nom de ce même sentiment, ce que les conquérants leur faisaient et leur font encore.

Cela provient de ce que les classes dirigeantes (j'entends non seulement les gouvernements avec leurs fonctionnaires, mais aussi toutes les classes qui jouissent d'une position exceptionnellement avantageuse : les rentiers, les journalistes, la plupart des artistes et des savants) peuvent garder leur position exceptionnellement avantageuse — en comparaison de celle des masses populaires — seulement grâce à cette organisation d'État qui est entretenue par le patriotisme. Ces classes ont dans leurs mains tous les moyens les plus puissants d'influencer le peuple et elles entretiennent toujours et sans arrêt, en elles-mêmes et chez les autres les sentiments patriotiques, d'autant plus que ces sentiments, qui soutiennent le pouvoir de l'État, sont plus que tout autre récompensés par ce pouvoir.

Chaque fonctionnaire a d'autant plus de succès dans son service, qu'il est patriote ; de même un militaire ne peut avancer dans sa carrière que pendant la guerre, qui est provoquée par le patriotisme.

Le patriotisme et ses conséquences — les guerres — donnent un revenu énorme aux journalistes et des avantages à la plupart des commerçants. Chaque écrivain, maître d'école, professeur, assurent d'autant plus leur position qu'ils prêchent le plus possible le patriotisme. Chaque empereur, chaque roi, obtiennent d'autant plus de gloire qu'ils sont dévoués au patriotisme.

Entre les mains des classes dirigeantes sont l'armée, l'argent, l'école, la religion, la presse. Aux écoles, elles enflamment le patriotisme chez les enfants par des histoires en décrivant leur peuple comme le meilleur des peuples et qui a toujours raison ; chez les adultes, elles enflamment le même sentiment par des spectacles, des fêtes, des monuments, par une presse faussée et patriotique ; mais principalement elles enflamment le patriotisme de façon qu'en commettant toutes sortes de cruautés et d'injustices envers d'autres peuples, elles excitent ailleurs l'inimitié envers leur propre peuple, puis elles profitent de cette inimitié pour exciter le même sentiment chez leur peuple.

L'embrasement de ce sentiment terrible de patriotisme s'est développé chez les peuples européens, dans une progression rapidement ascendante et à l'époque actuelle il a atteint son degré maximum.

IV

Au souvenir de tous les hommes de notre temps, il s'est passé un événement démontrant de la manière la plus évidente, jusqu'à quelle ivresse étonnante les hommes du monde chrétien furent amenés par le patriotisme.

Les classes dirigeantes en Allemagne enflammèrent le patriotisme chez les masses populaires à un tel degré que — dans la seconde moitié du XIXme siècle — une loi fut proposée aux représentants du peuple, d'après laquelle tous les hommes sans exception devaient être soldats ; tous les fils, les maris, les pères devaient apprendre le meurtre et devenir les humbles esclaves de quiconque a un rang supérieur, et être sans contredit prêts à tuer ceux qu'on leur ordonnerait de tuer ; de massacrer les populations opprimées et leurs propres ouvriers qui défendent leurs droits, de tuer leurs pères et leurs frères comme l'a proclamé en public le plus arrogant de tous les souverains, Wilhelm Il.

Cette terrible mesure, qui insulte de la manière la plus grossière les meilleurs sentiments des hommes, fut — sous l'influence du patriotisme — prise et acceptée sans murmure par le peuple allemand.

La conséquence en fut la victoire sur les Français. Cette victoire a enflammé davantage le patriotisme de l'Allemagne ; puis celui de la France, de la Russie et des autres puissances, et tous les hommes des puissances continentales se sont soumis sans murmure à l'introduction du service militaire obligatoire, c'est-à-dire à une servitude qui, comme degré d'humiliation et d'abdication de la volonté humaine, ne peut être comparée à aucune des servitudes antiques. Et de plus, la soumission servile des masses, au nom du patriotisme, et l'arrogance, la cruauté et la folie des gouvernements ne connaissaient plus de bornes. On s'empare à qui mieux mieux, soit par vanité, soit par caprice, soit par cupidité, des territoires étrangers, en Asie, en Afrique, en Amérique, et la méfiance et la malveillance des gouvernements entre eux, deviennent de plus en plus grandes.

L'extermination des peuples sur les terrains envahis fut acceptée comme quelque chose qui va de soi-même. La question consiste seulement en ceci : qui s'emparera le premier du territoire étranger et se mettra à exterminer ses habitants ? Non seulement tous les souverains ont violé et violent encore envers les peuples soumis, et l'un envers l'autre, les règles les plus élémentaires de l'équité, ils ont commis et commettent toutes sortes de tromperies, de filouteries, de corruptions, de fraudes, d'espionnages, de pillages, de meurtres ; mais les peuples ont sympathisé et sympathisent avec eux en tout, ils se réjouissent même que ce soient leurs États et non les autres qui commettent ces crimes.

L'animosité mutuelle des peuples et des États a atteint, dans les derniers temps, des proportions si étonnantes, que, quoiqu'il n'y ait aucune raison pour les États de s'attaquer les uns les autres, tout le monde sait que tous les États sont toujours là, l'un vis-à-vis de l'autre, se montrant les griffes et les dents, et qu'ils n'attendent que le moment où l'un d'eux tombe dans le malheur et s'affaiblisse, pour qu'on puisse l'attaquer avec le moins de danger possible et le déchirer.

Tous les peuples du soi-disant monde chrétien, sont poussés par le patriotisme a une telle bestialité, que non seulement les hommes qui sont mis dans la nécessité de tuer ou d'être tués, désirent le meurtre et s'en réjouissent, mais même les hommes qui vivent tranquillement, en Europe, dans leurs maisons qui ne sont menacées par personne, tous les hommes en Europe et en Amérique se trouvent pendant chaque guerre — grâce aux communications faciles et rapides et à la presse, — dans la même position que les spectateurs dans le cirque romain, et comme eux ils se réjouissent du meurtre et crient, avides de sang : *pollice verso !*

Non seulement les adultes, mais les enfants, — les enfants qui sont purs et sages, — se réjouissent, selon la nationalité à laquelle ils appartiennent, quand ils apprennent que non seulement sept cents, mais mille Anglais ou Boers sont tués, déchirés par des engins meurtriers. Et les parents — j'en connais — encouragent leurs enfants dans cette férocité.

Mais ce n'est pas tout encore. Chaque augmentation des troupes d'un État (et chaque État se trouvant en danger, tâche de les augmenter au nom du patriotisme) force l'État voisin à augmenter les siennes, aussi à cause du patriotisme, ce qui, chez le premier, provoque une nouvelle augmentation.

La même chose avec les forteresses et la flotte ; un État a construit dix cuirassés, les États voisins en ont construits onze : alors le premier en construit douze, et ainsi de suite, dans une progression indéfinie.

— « Et moi, je te pincerai ! » — « Et moi, je te donnerai un coup de poing ! » — « Et moi, je vais te fouetter ! » — « Et moi, je te donnerai des coups de bâton ! » — « Et moi, un coup de fusil !... » Ainsi seulement se querellent et se battent des enfants méchants, des hommes ivres ou des animaux ; et, cependant, la même chose se fait au milieu des représentants les plus élevés des États les plus éclairés, de ces représentants qui dirigent l'éducation et la moralité de leurs sujets.

V

La position empire de plus en plus, et il n'y a aucune possibilité d'arrêter ce mouvement qui conduit à une ruine évidente. La seule issue qui se présentait aux hommes crédules, est maintenant fermée par les événements qui viennent d'avoir lieu ; je parle de la Conférence de La Haye et de la guerre entre l'Angleterre et le Transvaal qui l'a suivie immédiatement.

Si les hommes raisonnant peu ou superficiellement, pouvaient encore se consoler, par la pensée que les tribunaux internationaux peuvent écarter les calamités de la guerre et des armements toujours croissants, la Conférence de La Haye, avec la guerre subséquente, a démontré de la manière la plus évidente l'impossibilité de résoudre la question par cette voie. Après la Conférence de la Haye, il devint évident que, tant que des gouvernements et des troupes existeront, la cessation des armements et des guerres est impossible. Pour qu'une entente soit possible, il est nécessaire que ceux qui veulent s'entendre croient l'un à l'autre. Et pour que les puissances puissent croire l'une à l'autre, elles doivent déposer les armes, comme le font les parlementaires quand ils se réunissent pour les délibérations.

Mais aussi longtemps que les gouvernements, se méfiant l'un de l'autre, non seulement ne réduisent et ne suppriment pas leurs armées, mais qu'ils les augmentent, conformément à l'augmentation réalisée chez les voisins, et suivent sans cesse, grâce à leurs espions, chaque déplacement de troupes, sachant que chaque puissance se jettera sur sa voisine dès qu'elle en aura la possibilité, aussi longtemps que durera cet état de choses, aucune entente n'est possible, et chaque conférence est, ou une sottise, ou un hochet, ou une duperie, ou une insolence, ou tout cela à la fois.

C'est précisément au gouvernement russe qu'il convenait plus qu'aux autres, d'être l'enfant terrible de cette conférence. Le gouvernement russe est tellement gâté par le fait que chez lui personne ne proteste contre ses manifestes et rescrits évidemment menteurs, qu'après avoir sans aucun scrupule ruiné son peuple par des armements, après avoir étranglé la Pologne, pillé le Turkestan et la Chine, et maintenant opprimant avec une noirceur particulière la Finlande, il a proposé aux gouvernements de désarmer, étant persuadé que tout le monde le croirait.

Mais quelqu'étrange, quelqu'inattendue, quelqu'inconvenante que fût cette proposition, surtout dans le moment même où on prenait des dispositions pour l'augmentation des troupes, les paroles, dites pour être entendues de tout le monde, étaient telles qu'il était impossible aux gouvernements des autres puissances de renoncer au vu et au su de leurs peuples, aux délibérations comiques et évidemment menteuses ; et les délégués se sont assemblés, sachant d'avance que cela ne peut aboutir à rien, et pendant quelques mois, durant lesquels ils recevaient de bons appointements, ils feignaient tous consciencieusement d'être très préoccupés à établir la paix entre les peuples, tout en riant sous cape de temps à autre.

La Conférence de La Haye, suivie par une terrible effusion de sang, la guerre du Transvaal, que personne n'a essayé et n'essaie d'arrêter, la Conférence de La Haye fut tout de même utile, quoique tout autrement qu'on ne s'y attendait ; elle fut utile en ce qu'elle a montré de la manière la plus évidente que le mal dont souffrent les peuples ne peut être réparé par les gouvernements et que les gouvernements, lors même qu'ils le voudraient, ne peuvent abolir ni les armements, ni les guerres. Les gouvernements, pour pouvoir exister, sont obligés de défendre leurs peuples des attaques des autres peuples ; mais aucun peuple ne veut attaquer et n'attaque les autres, et les gouvernements, par conséquent, non seulement ne veulent pas la paix, mais ils excitent soigneusement la haine envers eux dans les autres peuples. Après avoir excité cette haine chez les autres peuples et le patriotisme dans le leur, les gouvernements assurent à leurs peuples qu'ils sont en danger et qu'il faut se défendre.

Donc, ayant entre les mains le pouvoir, les gouvernements peuvent irriter les autres peuples et provoquer le patriotisme chez les leurs, et ils font assidûment l'un et l'autre, et ne peuvent pas ne pas le faire parce que leur existence est basée là-dessus.

Si les gouvernements étaient nécessaires autrefois pour défendre leurs peuples des attaques des autres, aujourd'hui, au contraire, ils rompent artificiellement la paix existante entre les peuples et provoquent entre eux la haine.

Quand il fallait labourer pour semer, le labourage était un acte sensé ; mais il serait évidemment insensé et nuisible de labourer quand les semailles ont poussé.

Et c'est ce que les gouvernements forcent leurs peuples à faire — à détruire l'union qui existe et que rien ne troublerait si les gouvernements n'existaient pas.

VI

En effet, qu'est-ce donc à l'époque actuelle que ces gouvernements sans lesquels il paraît impossible aux hommes d'exister ?

S'il fut un temps où les gouvernements ont été un mal nécessaire ou moindre que celui qui provenait du fait que les peuples restaient sans défense contre leurs voisins organisés — de nos jours les gouvernements sont devenus un mal inutile et beaucoup plus grand que celui dont ils effraient leurs peuples.

Non seulement les gouvernements militaires, mais les gouvernements en général ne pourraient être, sinon utiles, mais non nuisibles, que dans le cas où ils auraient été composés d'hommes infaillibles et saints, comme, en effet, on le suppose chez les Chinois. Mais les gouvernements, à cause de leur activité même, qui consiste à commettre des violences, se composent toujours des éléments les plus contraires à la sainteté, des hommes les plus insolents, les plus grossiers et les plus dépravés.

Par conséquent, chaque gouvernement, et d'autant plus un gouvernement auquel est livré le pouvoir militaire, est une institution terrible et la plus dangereuse au monde.

Le gouvernement, dans le sens le plus large, y compris les capitalistes et la presse, n'est rien autre qu'une organisation par laquelle la majorité des hommes est dans le pouvoir d'une minorité placée au-dessus d'eux ; cette minorité se soumet au pouvoir d'un groupe d'hommes encore plus petit, et celui-ci est soumis à un groupe moindre encore, etc., etc., aboutissant enfin, entre les mains de quelques hommes ou d'un seul homme qui, au moyen de la force militaire, possède le pouvoir sur tout le reste. De sorte, que toute cette organisation est semblable à un cône dont toutes les parties sont au pouvoir absolu de ces personnes ou de cette personne qui se trouvent sur le faîte.

Et le faîte de ce cône est conquis par ces hommes ou cet homme, qui sont plus rusés, plus insolents et plus effrontés que les autres ou qui sont les héritiers accidentels de ces hommes plus insolents et plus effrontés.

Aujourd'hui c'est Boris Godounoff, demain c'est Grigoriy Otrépyeff ; aujourd'hui c'est la débauchée Catherine qui a fait étrangler son mari par ses amants, demain c'est Pougatcheff, après-demain le fou Paul, Nicolas Ier, Alexandre III…

Aujourd'hui c'est Napoléon, demain c'est le Bourbon ou d'Orléans, Boulanger ou la compagnie des Panamistes ;

aujourd'hui c'est Gladstone, demain c'est Salisbury, Chamberlain, Rhodes…

Et c'est à de tels gouvernements qu'on remet le pouvoir absolu, non seulement sur les biens et sur les vies, mais aussi sur le développement intellectuel et moral, sur l'éducation, sur la direction religieuse de tous les hommes !

Ainsi les hommes se créent une terrible machine de pouvoir, laissant au premier venu la liberté de s'en emparer (et toutes les chances sont pour l'homme placé moralement le plus bas), et ils se soumettent servilement et s'étonnent que tout va mal. On a peur des mines, des anarchistes, mais on n'a pas peur de cette terrible organisation qui menace à chaque instant des plus grandes calamités.

Les hommes ont trouvé que pour se défendre contre leurs ennemis, il leur est utile de se lier eux-mêmes, comme le font les Circassiens quand ils se défendent. Et quoique il n'y ait aucun danger, les hommes continuent à se lier.

Ils se lient eux-mêmes soigneusement, de sorte qu'un seul homme peut faire d'eux tous tout ce qu'il voudra ; puis ils laissent balancer le bout de la corde qui les lie, laissant la liberté de s'en emparer au premier chenapan ou au premier sot venu pour faire d'eux ce que bon leur semble.

Est-ce donc autre chose que font les peuples en établissant et en soutenant le gouvernement revêtu du pouvoir militaire et en s'y soumettant ?

VII

Pour délivrer les hommes de ces épouvantables calamités des armements et des guerres dont ils souffrent maintenant, et qui augmentent et augmentent toujours, il ne faut ni congrès, ni conférences, ni traités, ni tribunaux, mais l'abolition de cet instrument de violence qu'on nomme gouvernement, d'où proviennent les plus grandes calamités qui affligent l'humanité.

Pour supprimer les gouvernements, il ne faut qu'une chose : il faut que les hommes comprennent que ce sentiment de patriotisme qui, seul, soutient cet instrument de violence, est un sentiment grossier, nuisible, honteux, mauvais, et — ce qui est le plus grave — immoral. C'est un sentiment grossier puisqu'il n'est propre qu'aux hommes placés au plus bas degré de la moralité, et qui attendent des autres peuples les mêmes violences qu'ils sont prêts eux-mêmes à leur infliger ; c'est un sentiment nuisible puisqu'il rompt les relations avantageuses, joyeuses et paisibles entretenues avec les autres peuples, et principalement puisqu'il produit cette organisation du gouvernement où le pire des individus peut obtenir et obtient toujours le pouvoir ; c'est un sentiment honteux puisqu'il transforme l'homme non seulement en esclave, mais en coq de combat, en taureau de cirque, en gladiateur, qui perd ses forces et sa vie non pour atteindre un but personnel, mais pour celui poursuivi par son gouvernement ; c'est un sentiment immoral, puisqu'au lieu de se reconnaître fils de Dieu, comme nous l'enseigne le christianisme, ou du moins homme libre dirigé par sa raison, — chaque homme, sous l'influence du patriotisme, se reconnaît fils de sa patrie, esclave de son gouvernement et accomplit des actes contraires à sa raison et à sa conscience.

Il suffit que le monde comprenne cela, pour que ce terrible enchaînement d'hommes qu'on nomme gouvernement, aille de soi-même et sans lutte tomber en pièces et avec lui ce mal terrible et inutile qu'il cause aux peuples.

Et les hommes commencent déjà à le comprendre. Voici ce qu'écrit, par exemple, un citoyen des États-Unis :

« La seule chose que nous demandons (laboureurs, mécaniciens, marchands, manufacturiers, maîtres d'école), c'est le droit de nous occuper de nos propres affaires. Nous avons nos maisons, nous aimons nos amis, nous sommes dévoués à nos familles et nous ne nous mêlons pas des affaires de nos voisins ; nous avons du travail et nous désirons travailler.

« Laissez-nous en paix !

« Mais les politiciens ne veulent pas nous laisser en paix. Ils nous chargent d'impôts, consomment nos biens, font des recensements, appellent notre jeunesse sous leurs guerres.

« Des myriades entières vivent aux frais de l'État, dépendent de l'État, sont entretenues par lui pour nous charger d'impôts ; et pour nous imposer avec succès on entretient des troupes régulières. L'argument que l'armée est nécessaire pour défendre le pays est une tromperie évidente. Le gouvernement français effraie son peuple en disant que les Allemands veulent l'attaquer ; les Russes ont peur des Anglais ; les Anglais ont peur de tout le monde ; et voilà qu'on nous dit en Amérique, qu'il faut augmenter la flotte et l'armée puisque l'Europe peut à chaque moment s'allier contre nous. C'est une tromperie et un mensonge. Le peuple en France, en Allemagne, en Angleterre et en Amérique est contre la guerre. Nous voulons seulement qu'on nous laisse en paix. Les hommes qui ont des femmes, des parents, des enfants, des maisons, n'ont aucun désir d'aller se battre avec qui que ce soit. Nous sommes pacifiques et nous avons peur de la guerre, nous la haïssons.

« Nous voulons seulement ne pas faire aux autres ce que nous ne voudrions pas qu'on nous fît.

« La guerre est la suite infaillible de l'existence des hommes en armes. Le pays qui entretient une grande armée régulière fera la guerre tôt ou tard. Un homme qui est fier de sa force dans le pugilat rencontrera un jour un autre homme qui se croira meilleur boxeur, et ils en viendront aux mains. L'Allemagne et la France n'attendent que l'occasion pour essayer leurs forces l'une contre l'autre. Elles se sont battues déjà plusieurs fois et elles se battront de nouveau. Ce n'est pas que leurs peuples désirent la guerre, mais la classe supérieure attise en eux la haine mutuelle et les force à croire qu'ils doivent faire la guerre pour se défendre.

« Les hommes qui voudraient suivre la doctrine du Christ sont chargés d'impôts, insultés, trompés, entraînés dans des guerres.

« Le Christ enseignait l'humilité, la douceur, le pardon des offenses et qu'il était mal de tuer. L'Écriture enseigne aux hommes à ne pas jurer, mais la « classe supérieure » nous force à jurer sur l'Écriture en laquelle elle ne croit pas.

« Comment donc nous délivrer de ces dissipateurs qui ne travaillent pas, mais qui sont vêtus de drap fin avec des boutons dorés et des décorations précieuses, qui se nourrissent de notre travail et pour lesquels nous cultivons la terre ?

« Se battre avec eux ?

« Mais nous n'admettons pas l'effusion du sang, et, à part cela, ils ont les armes et l'argent et ils résisteront plus longtemps que nous.

« Mais de qui est composée cette armée qui fera la guerre contre nous ?

« C'est nous-mêmes qui constituons cette armée, nos voisins et nos frères trompés que l'on a persuadés qu'ils servent Dieu en défendant leur pays des ennemis. Mais en réalité notre pays n'a pas d'ennemis, sauf la classe supérieure qui s'est chargée de veiller sur nos intérêts pourvu que nous consentions à payer les impôts. Ils sucent nos ressources et soulèvent contre nous nos véritables frères pour nous asservir et nous abaisser.

« Vous ne pouvez envoyer une dépêche à votre femme ou à votre ami ou un chèque à votre fournisseur, tant que vous n'aurez pas payé l'impôt qu'on perçoit pour l'entretien des hommes armés, qui pourront être employés à vous tuer et qui vous mettront infailliblement en prison si vous ne le payez pas.

« Le seul salut consiste à persuader aux hommes qu'il est mauvais de tuer et à leur enseigner que toute la loi et les prophètes consistent « à faire aux autres ce que tu voudrais qu'on te fît. » Ignorez tacitement cette classe supérieure, refusez de vous incliner devant son idole guerrière. Cessez de soutenir les prédicateurs qui prêchent la guerre et exposent le patriotisme comme quelque chose d'important.

« Qu'ils aillent travailler comme nous.

« Nous croyons en Christ et eux n'y croient pas. Le Christ disait ce qu'il pensait ; eux, ils disent ce qu'ils croient devoir plaire aux hommes qui ont le pouvoir, c'est-à-dire à la « classe supérieure. »

« Nous n'entrerons pas au service. Nous ne tirerons pas sur leur ordre. Nous ne nous armerons pas de bayonnettes contre le peuple bon et doux. Nous n'irons pas à la suggestion d'un Cecil Rhodes tirer sur des bergers et des laboureurs qui défendent leurs foyers.

« Votre cri menteur : « Au loup ! au loup ! » ne nous fera pas peur. Nous payons vos impôts seulement parce que nous sommes forcés de le faire. Nous ne les payerons qu'aussi longtemps que nous serons forcés de le faire. Nous ne payerons ni les impôts des églises aux bigots, ni la dîme à votre bienfaisance hypocrite, et nous ferons connaître notre opinion à chaque occasion.

« Nous élèverons des hommes.

« Et toujours notre influence silencieuse se répandra ; et même les hommes enrôlés comme soldats hésiteront à combattre. Nous inspirerons la pensée que la vie chrétienne de paix et de bonne volonté est meilleure que la vie de lutte, d'effusion de sang et de guerre.

« La paix sur la terre » n'arrivera que lorsque les hommes se débarrasseront des armées et voudront faire aux autres ce qu'ils voudraient qu'on leur fît. »

C'est ainsi qu'écrit un citoyen des États-Unis ; et de différents côtés et en différentes formes retentissent les mêmes voix.

Voici ce qu'écrit un soldat allemand :

« J'ai fait deux campagnes dans la garde prussienne (1866-1870) et je hais la guerre du fond de l'âme, parce qu'elle m'a rendu inexprimablement malheureux. Nous, soldats blessés, nous recevons pour la plupart une pension si dérisoire qu'on doit, en effet, avoir honte d'avoir été patriote jadis. Moi, par exemple, je reçois 80 pfennigs pour mon bras droit percé par une balle pendant l'assaut de St-Privat, le 18 août 1870. Il en faut plus à tel chien de chasse pour son entretien. Et moi je souffre des années entières de mon bras droit deux fois percé. Déjà, en 1866, j'ai pris part à la guerre contre l'Autriche, j'ai combattu à Trautenau et à Königgrätz et j'y ai vu tant d'horreurs ! En 1870, je fus appelé de nouveau, comme étant de la réserve et, comme je l'ai déjà dit, je fus blessé à l'assaut de St-Privat ; mon bras droit fut percé deux fois dans sa longueur. J'ai perdu une bonne place (j'étais brasseur en ce temps-là) et plus tard je n'ai pas pu l'obtenir de nouveau. Dès lors, je n'ai plus jamais réussi à me remettre sur pied. L'ivresse patriotique s'est dissipée bientôt et au soldat invalide il ne restait plus qu'à se nourrir des sous des pauvres et d'aumônes.

« Dans un monde où les hommes ressemblent à des bêtes dressées, et ne sont capables d'aucune autre pensée que de l'emporter en ruse les uns les autres pour Mammon — dans un tel monde, qu'on me tienne pour un drôle de corps, mais tout de même je sens en moi l'idée divine de la paix, qui est exprimée avec tant de beauté dans le sermon de la montagne. D'après ma conviction la plus profonde, la guerre n'est qu'un commerce dans de grandes proportions, un commerce exploité par les hommes ambitieux et puissants avec le bonheur des peuples.

« Et par quelles horreurs ne passe-t-on pas pendant la guerre ! Je ne les oublierai jamais, ces gémissements plaintifs pénétrant jusqu'à la moelle des os.

« Les hommes qui ne causent jamais de mal les uns aux autres s'entretuent comme des bêtes féroces et des âmes petites, serviles, mêlent le bon Dieu dans ces affaires !

« Une balle a fracassé la mâchoire à mon camarade voisin. La douleur fit perdre l'esprit au malheureux. Il courait comme un fou et sous l'ardeur brûlante de l'été, il ne pouvait même pas trouver de l'eau pour rafraîchir sa terrible blessure.

« Notre commandant, le Kronprinz Friedrich (dans la suite le noble empereur Friedrich) écrivait en ce temps-là dans son journal : « La guerre, c'est une ironie de l'Évangile… »

Les hommes commencent à comprendre la tromperie du patriotisme dans laquelle les gouvernements, avec tant de zèle, tâchent de les retenir.

VIII

— Mais, dit-on ordinairement, qu'arrivera-t-il s'il n'y a pas de gouvernements ?

— Il n'arrivera rien ; il arrivera seulement que ce qui était déjà depuis longtemps inutile et, par conséquent, superflu et mauvais, sera aboli ; cet organe qui, devenu inutile, est devenu nuisible, sera aboli.

— Mais, dit-on ordinairement, s'il n'y a pas de gouvernements, les hommes vont se violenter et s'entretuer les uns les autres.

— Pourquoi ? Pourquoi l'abolition de cette organisation qui a surgi par suite de violences et qui fut transmise par tradition d'une génération à l'autre pour opérer des violences, — pourquoi l'abolition d'une telle organisation tombée en désuétude amènera-t-elle les hommes à s'entretuer et à se violenter les uns les autres ? Il paraîtrait, au contraire, que l'abolition de l'organe de violence fera ceci que les hommes cesseront de se violenter et de se tuer les uns les autres.

Actuellement, il y a des hommes qu'on élève et qu'on prépare spécialement pour tuer et violenter les autres hommes — des hommes auxquels on reconnaît le droit de faire violence et qui profitent de l'organisation qui est établie dans ce but ; et de pareilles violences et de pareils meurtres passent pour des actes bons et vaillants. Mais alors on n'élèvera plus les hommes dans ce but, personne n'aura le droit de faire violence aux autres, l'organisation de violence n'existera plus et — comme cela est naturel aux hommes de notre temps, — la violence et le meurtre seront toujours et par tous considérés comme un acte inique.

Et lors même qu'il se commettrait des violences même après la suppression des gouvernements, il est évident qu'elles seront moindres que celles qui se commettent maintenant, alors qu'il y a des organisations établies spécialement pour opérer des violences, et qu'il y a des situations où les violences et les meurtres comptent pour un acte bon et utile.

L'abolition des gouvernements ne fera qu'abolir l'organisation de violence traditionnelle et inutile et sa justification.

« Il n'y aura, dit-on ordinairement, ni lois, ni propriété, ni police, ni instruction publique, » confondant à dessein les violences de l'autorité avec les différentes fonctions de la société.

L'abolition de l'organisation des gouvernements, établis pour commettre des violences sur les hommes, n'entraînera après elle en aucune manière l'abolition de ce qu'il y a de bon et de sensé et, par conséquent, de non violent dans les lois, dans la justice, dans la propriété, dans la protection des personnes, dans l'organisation des dépenses collectives et de l'instruction publique. Au contraire, l'absence du pouvoir grossier des gouvernements, qui n'ont pour but que de se soutenir eux-mêmes, coopérera à une organisation sociale plus sensée et plus équitable qui n'aura pas besoin de violence. Et la justice et les affaires publiques, et l'instruction du peuple — tout cela existera dans la mesure qui est nécessaire aux peuples, et sous une forme qui ne contiendra point le mal inhérent à l'organisation gouvernementale actuelle ; il ne sera aboli que ce qui était mauvais, et ce qui empêchait la libre manifestation de la volonté des peuples.

Mais lors même qu'on admet que des troubles et des collisions internes résulteraient de l'absence des gouvernements, la condition des peuples serait meilleure qu'elle ne l'est à présent. La condition des peuples est actuellement telle, qu'il est difficile de se représenter qu'elle puisse empirer. Tous les peuples sont ruinés, et la ruine doit aller inévitablement en s'aggravant. Tous les hommes sont réduits en esclaves militaires et doivent à chaque moment attendre l'ordre d'aller tuer et d'être tués. Qu'y a-t-il à attendre encore ? Que les peuples ruinés disparaissent par la famine ? Cela commence déjà en

Russie, en Italie et aux Indes. Où qu'on prenne, outre les hommes, les femmes comme soldats ? Au Transvaal même cela commence.

De sorte que, si même en effet l'absence des gouvernements signifiait l'anarchie dans le sens négatif et déréglé de ce mot (ce qu'il ne signifie point) — même en ce cas aucun désordre dû à l'anarchie ne pourrait être pire que cette situation à laquelle les gouvernements ont déjà réduits leurs peuples et les réduisent de plus en plus.

Et, par conséquent, la délivrance du patriotisme et l'abolition du despotisme des gouvernements, qui est basée là-dessus, ne peut pas ne pas être utile aux hommes.

IX

Hommes, revenez à vous, et au nom de tout le bien corporel et spirituel, et au nom du bien même de vos frères et de vos sœurs, arrêtez-vous, ravisez-vous, pensez à ce que vous faites !

Revenez à vous et comprenez que vos ennemis ne sont ni les Boers, ni les Anglais, ni les Allemands, ni les Bohêmes, ni les Finnois, ni les Russes, mais vos ennemis, vos seuls ennemis, c'est vous-mêmes, qui soutenez par votre patriotisme les gouvernements qui vous oppriment et qui font vos malheurs.

Ils se sont engagés à vous défendre du danger et ils ont accru cette prétendue position de défense au point que vous tous vous êtes devenus soldats, esclaves, vous tous vous êtes ruinés, vous vous ruinez de plus en plus et à chaque instant vous pouvez et vous devez vous attendre à ce que la corde trop tendue se casse, et qu'un terrible massacre ne commence, dont vous et vos enfants seront victimes.

Et quel que grand que soit ce massacre et quel que soit son issue, la situation restera la même. Puis, avec plus de tension encore, les gouvernements vont armer, ruiner, et dépraver tous vos enfants ; et personne ne vous aidera à arrêter, à prévenir cela, si vous-mêmes vous ne vous venez en aide.

Et l'aide consiste en une seule chose : dans l'abolition de cet agglomérat effrayant sous lequel celui ou ceux qui réussissent à monter sur le faîte de ce cône, dominent tout le peuple et dominent d'autant plus sûrement qu'ils sont plus cruels et plus inhumains, comme nous le savons d'après les Napoléon, les Nicolas Ier, les Bismarck, les Chamberlain, les Rhodes et nos dictateurs qui gouvernent les peuples au nom du Tsar.

Et pour l'abolition de cet agglomérat, il n'y a qu'un seul moyen — le réveil de l'hypnose patriotique.

Comprenez que tout ce mal dont vous souffrez, vous vous le faites vous-mêmes en vous soumettant à ces suggestions par lesquelles vous trompent les empereurs, les rois, les membres des parlements, les administrateurs, les militaires, les capitalistes, le clergé, les écrivains, les artistes — tous ceux qui ont besoin de cette fraude du patriotisme pour vivre de votre travail.

Qui que vous soyez — Français, Russes, Polonais, Anglais, Irlandais, Allemands, Bohêmes — comprenez que tous vos véritables intérêts humains, quels qu'ils soient — agricoles, industriels, commerciaux, artistiques ou scientifiques — tous ces intérêts, de même que les plaisirs et les joies, ne contredisent en rien les intérêts des autres peuples et des autres États et que vous êtes liés par la coopération mutuelle, par l'échange des services, par la joie d'une large communication fraternelle, d'un échange non seulement des marchandises, mais des pensées, des sentiments avec les hommes des autres peuples.

Que votre gouvernement ou quelque autre ait réussi à s'emparer de Weï-Haï-Weï ou de Port-Arthur ou de l'île de Cuba, comprenez que cette question vous est non seulement indifférente, mais que chaque prise semblable faite par votre gouvernement vous nuit parce qu'inévitablement elle entraîne après elle toutes sortes de pressions, pour vous forcer de prendre part aux pillages et aux violences qui sont nécessaires pour les accaparements ou pour la rétention de ce qui est déjà conquis. Comprenez que votre vie ne peut nullement s'améliorer parce que l'Alsace sera française et non allemande, et l'Irlande et la Pologne libres et non assujetties ; n'importe à qui elles appartiennent, vous pouvez vivre où vous voulez ; et si même vous êtes Alsaciens, Polonais ou Irlandais, comprenez que chaque excitation du patriotisme ne fera qu'empirer votre position, parce que cet asservissement où se trouve votre peuple ne provient que de la lutte des patriotismes et chaque manifestation du patriotisme chez un peuple provoque la réaction contre ce sentiment chez un autre. Comprenez que vous pourrez vous délivrer de tous ces fléaux seulement quand vous serez affranchis de l'idée vieillie du patriotisme et de la soumission aux gouvernements qui en est la base, et quand vous entrerez hardiment dans le domaine de cette idée supérieure de l'unité fraternelle des peuples, qui est déjà depuis longtemps entrée dans la vie et qui vous appelle de toutes parts à venir à elle.

Que les hommes comprennent seulement qu'ils ne sont pas enfants de quelques patries ou États, mais qu'ils sont fils de Dieu et que, par conséquent, ils ne peuvent être ni esclaves, ni ennemis les uns des autres ; et ces institutions insensées, pernicieuses, restes de l'antiquité et qui ne sont plus bonnes à rien, qu'on appelle gouvernements, et toutes ces souffrances, ces violences, ces humiliations et ces crimes qu'elles portent avec elles s'anéantiront d'elles-mêmes.

Léon TOLSTOY.

Pirogovo, 10 mai 1900.